RATUS POCHE

COLLECTION DIRIGÉE PAR JEANINE ET JEAN GUION

Ratus et le sapin-cactus

Les aventures du rat vert

- Le robot de Ratus
- Les champignons de Ratus
- Ratus raconte ses vacances
- Ratus et la télévision
- Ratus se déguise
- Les mensonges de Ratus
- Ratus écrit un livre
- L'anniversaire de Ratus
- Ratus à l'école du cirque
- Ratus et le sapin-cactus
- Ratus et le poisson-fou
- Ratus et les puces savantes
- Ratus en ballon
- Ratus père Noël
- Ratus chez le coiffeur
- Ratus et les lapins
- Ratus aux sports d'hiver
- Ratus pique-nique
- Ratus sur la route des vacances
- La grosse bêtise de Ratus
- Ratus chez les robots
- Ratus à la ferme
- Ratus champion de tennis
- La classe de Ratus en voyage
- Ratus en Afrique
- Ratus et l'étrange maîtresse
- Ratus à l'hôpital
- Ratus et la petite princesse
- Ratus et le sorcier
- Ratus gardien de zoo

© Hatier Paris 2003, ISSN 1259 4652, ISBN 2-218 74540-2

Sous le lit de Ratus
suivi de
Ratus et le sapin-cactus

Deux histoires de Jeanine et Jean Guion
illustrées par Olivier Vogel

HATIER

Le cactus

Ratus

Les personnages de l'histoire

Sous le lit de Ratus

Belo est allé
au marché.
Il a acheté
un gros fromage
pour Ratus.

1

Que dit Belo à Mina ?

Belo dit à Mina :

– Va chez Ratus. 2

Il est dans sa maison. 3

Donne-lui 4

son fromage.

Où est Ratus dans l'histoire ?

Mais le rat vert

a disparu.

Où est-il passé ?

Il est debout

sur son lit !

Que dit Ratus ?

Ratus crie :

– Au secours !

Il y a un loup,

un gros loup

sous le lit !

Qui est sous le lit de Ratus ?

Mina regarde

sous le lit et elle rit.

Elle dit à Ratus :

– Ton gros loup,

   c'est juste

   une petite souris !

FIN

Ratus
et le sapin-cactus

Pour Noël, Ratus décore

le cactus de son jardin

avec des boules

de toutes les couleurs.

– Il est joli, mon sapin-cactus,

   dit le rat vert

   à Marou et à Mina.

Trouve le carton de Ratus.

Mais le sapin de Ratus

est un cactus !

– Le Père Noël va se piquer,

  dit Mina.

Alors Ratus écrit

sur un carton :

« Père Noël, ne touche pas ! »

9

Qu'arrive-t-il au Père Noël ?

À minuit, le Père Noël arrive

dans le jardin de Ratus.

Mais son traîneau va trop vite. 10

Il dérape sur la neige 11

et le Père Noël tombe

sur le cactus !

Où est le bon dessin ?

— Aïe ! Aïe ! crie-t-il ^12

très en colère.

Je ne poserai pas de cadeau ^13

devant un sapin-cactus !

Tant pis pour Ratus !

Et le Père Noël repart.

Le matin, Ratus est triste. ^14

Qui est le Père Noël du matin ?

Tout à coup, le rat vert

voit un gros Père Noël

qui pose un cadeau

devant son sapin-cactus.

Ratus court vite

pour lui faire un bisou.

Le Père Noël du matin ?

C'est Belo, son gentil voisin. 15

FIN

alphabet des **majuscules**

A a	**H** h	**O** o	**V** v
B b	**I** i	**P** p	**W** w
C c	**J** j	**Q** q	**X** x
D d	**K** k	**R** r	**Y** y
E e	**L** l	**S** s	**Z** z
F f	**M** m	**T** t	
G g	**N** n	**U** u	

1
un **fromage**

3
une **maison**

2
chez (*ché*)

4
donne-lui
Il donne.

6
debout

assis   debout

7
il y a (*i.li.ia*)

5
il a **disparu**
Il n'est plus là.

8
elle **regarde**

27

9
se piquer
(*se-pi-qué*)

10
un **traîneau**
(*trè-no*)

11
il **dérape**

12
aïe !
C'est un cri
quand on a mal.

13
je **poserai**
(*po-ze-rè*)

un **cadeau**
(*ca-do*)

des cadeaux

14
il est **triste**

15
gentil (*jan-ti*)

Les aventures du rat vert

Les aventures de Mamie Ratus

Ralette, drôle de chipie

Les histoires de toujours

Super-Mamie et la forêt interdite

L'école de Mme Bégonia

La classe de 6e

Achille, le robot de l'espace

Baptiste et Clara

Les enquêtes de Mistouflette

Hors séries

Conception graphique couverture : Pouty Design
Conception graphique intérieur : Jean Yves Grall • mise en page : Atelier JMH

Imprimé en France par Pollina, 85400 Luçon - n° L98281
Dépôt légal n° 38186 - novembre 2005